U0640162

探秘恐龙山谷

霸王龙的袭击·三角怪兽的天下

[英] 雷克斯·斯通 著

[英] 迈克·斯普尔 绘

巫迪慧 译

北方联合出版传媒（集团）股份有限公司
辽宁少年儿童出版社
沈阳

图书在版编目（CIP）数据

霸王龙的袭击·三角怪兽的天下 /（英）雷克斯·斯通著；（英）迈克·斯普尔绘；巫迪慧译. -- 沈阳：辽宁少年儿童出版社, 2021.7
（探秘恐龙山谷）
书名原文: Dinosaur Cove
ISBN 978-7-5315-8095-9

Ⅰ.①霸… Ⅱ.①雷… ②迈… ③巫… Ⅲ.①儿童小说—长篇小说—英国—现代 Ⅳ.①I561.84

中国版本图书馆CIP数据核字（2019）第184593号

©Working Partners Limited 2008
Illustrations © Mike Spoor 2008
Eye logo ©Dominic Harman 2008
Series created by Working Partners Ltd
First published 2008
First published in this edition 2012
All rights reserved.
The simplified Chinese rights is arranged
with Andrew Nurnberg Associates
International Limited.

本书中文简体版经由英国安德鲁·纳伯格联合国际有限公司代理，由辽宁少年儿童出版社有限责任公司在中国境内独家出版发行。
著作权合同登记号：06-2018-117

霸王龙的袭击·三角怪兽的天下　BAWANGLONG DE XIJI · SANJIAO GUAISHOU DE TIANXIA

出版发行：北方联合出版传媒（集团）股份有限公司
　　　　　辽宁少年儿童出版社
出 版 人：胡运江
地　　址：沈阳市和平区十一纬路25号　邮编：110003
发行部电话：024-23284265 23284261　总编室电话：024-23284269
E-mail:lnsecbs@163.com
http://www.lnse.com
承 印 厂：河北飞鸿印刷有限责任公司

责任编辑：谢竞远　　　　　　　　助理编辑：康艳玲
责任校对：段胜雪　　　　　　　　封面设计：巴金辉
版式设计：■鼎籍文化创意　　　　责任印制：吕国刚

幅面尺寸：140mm×200 mm
印　　张：4.75　　　　字数：65千字
出版时间：2021年1月第1版
印刷时间：2021年7月第2次印刷
标准书号：ISBN 978-7-5315-8095-9
定　　价：19.80元

版权所有　侵权必究

探秘
恐龙山谷

霸王龙的袭击

引 子

➡️ 杰米刚刚从城里搬到恐龙山谷的灯塔里。他的爸爸想在灯塔底层开一间恐龙博物馆。杰米去海边悬崖脚下的碎石滩搜寻化石，碰到了一个当地的男孩，他的名字叫汤姆。两个男孩发现了一个惊天大秘密：在另一个世界里，到处都是活生生的恐龙！一些恐龙很友好，可是其他的恐龙很凶残，因为它们都……饿扁了！而且在这个史前世界里住着的可不只有恐龙……

杰米

杰米的眼睛

杰米的手

杰米的脚

全名：杰米·摩根

年龄：8 岁

身高：1.3 米

最高时速：10 千米 / 小时

爱好：寻找化石和研究恐龙

不喜欢的事：被困在室内

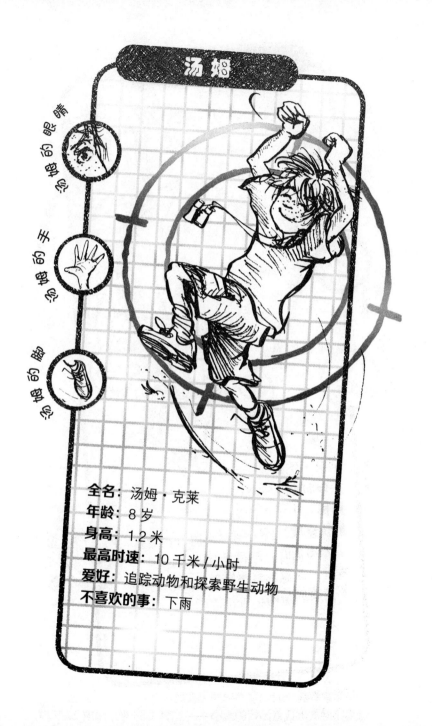

汤姆

汤姆的眼睛

汤姆的手

汤姆的脚

全名：汤姆·克莱
年龄：8 岁
身高：1.2 米
最高时速：10 千米 / 小时
爱好：追踪动物和探索野生动物
不喜欢的事：下雨

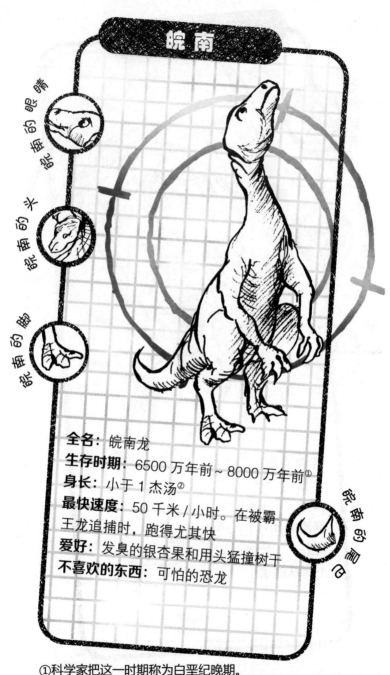

皖南

皖南的眼睛

皖南的头

皖南的脚

皖南的尾巴

全名: 皖南龙
生存时期: 6500 万年前 ~ 8000 万年前①
身长: 小于 1 杰汤②
最快速度: 50 千米 / 小时。在被霸
王龙追捕时, 跑得尤其快
爱好: 发臭的银杏果和用头猛撞树干
不喜欢的东西: 可怕的恐龙

①科学家把这一时期称为白垩纪晚期。
②杰汤是杰米或者汤姆的大小——约高 1.25 米, 体重 27 千克。

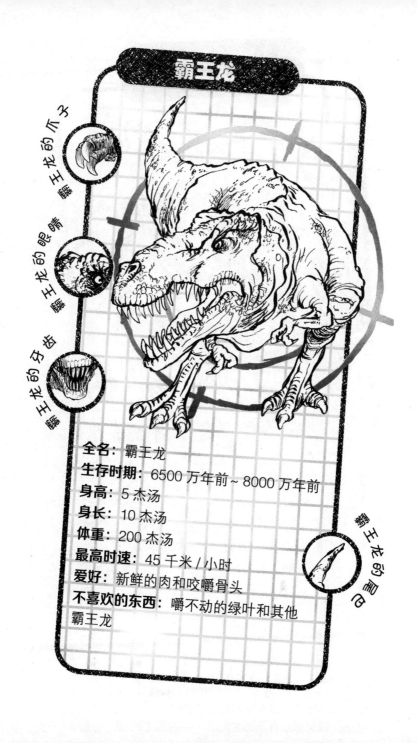

霸王龙

霸王龙的爪子

霸王龙的眼睛

霸王龙的牙齿

霸王龙的尾巴

全名: 霸王龙
生存时期: 6500 万年前 ~ 8000 万年前
身高: 5 杰汤
身长: 10 杰汤
体重: 200 杰汤
最高时速: 45 千米 / 小时
爱好: 新鲜的肉和咬嚼骨头
不喜欢的东西: 嚼不动的绿叶和其他
霸王龙

恐龙山谷

村庄

小艇停靠区

海光岬

黏土和化石所在的
山体滑坡

泥沙滩

恐龙洞

涨潮线

落潮线

海洋

蛇头岬

11

第一章

搜索:

"恐龙山谷!"杰米一溜烟跑到悬崖边,看着栅栏的另一边,说,"这里肯定能找到恐龙啦!"

爷爷眨了眨眼睛,说:"他们一定在石头里。要不你过去看看吧!"

"嗯,亲爱的化石,我来啦!"杰米兴奋地叫道,"爷爷,我们待会儿见哦。"

杰米从旧灯塔一路爬到沙滩,路上有许多石头。他一路向沙滩跑去,踏过鹅卵石和一些岩石,终于跑到离悬崖脚下最近

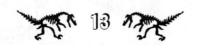

的黑色烂泥地。

在这里就可以找化石啦。

杰米双眼直勾勾地盯着这些满是泥土的石头，时不时地弯腰去捡。这些岩石很容易碎，他用手一掰，它们就裂开了，可是里面连一块化石都没有。杰米想：也许我该找个大点儿的石头。

他找哇找哇，后来，他看到了一块蓝灰色的石头，石头中间有一条裂缝。杰米把背包扔在石头边的泥地上，找出防护镜、化石锤和凿子。小杰米要开始工作啦，首先他把凿子对准裂缝，然后用锤子敲打，

敲完后又更用力地敲了一遍。

突然，一小块碎片飞到了护目镜上，石头裂成了两半。

"我的宝贝！"杰米喊道。

在一半碎开的石头里，一个黑色的螺旋化石向上突出，隆起的部分是亮亮的金黄色。杰米很认真地看着这个宝贝。

整个化石只有他的手指那么长。他想把化石拿出来，可是化石却紧紧地扣在石头里。

杰米想："化石小捕手会告诉我这是

什么。"他在背包里掏了半天，终于拿出了他最最心爱的小玩意儿——手控电脑。他轻轻点了一下盖子，屏幕就亮了，上面是一个石化的恐龙脚印，屏幕上还写着："祝你寻宝愉快！"

在屏幕下方，指针在闪烁。杰米在小键盘上输入"化石壳"，又看了看化石，觉得它很像盘绳，就输入了"盘绳"。然后，他按下"查找"键，紧盯着屏幕。一张照

片蹦出来了，和蓝灰石里的化石一样。

"鹦鹉螺，"杰米继续读道，"一种史前海洋生物的化石壳。在恐龙时期的岩石里特别常见，里面可能有黄铜矿。"

杰米关上盖子。

"好吧，"他对化石说，"你很常见，也不是真的黄金，这些我都不在乎。你来自恐龙时代，是我第一个发现了你。所以你仍然是我的宝贝！"

他把护目镜摘下，拿出了他的新霸王龙笔记本，开始给他在恐龙山谷发现的第一个宝贝画素描。

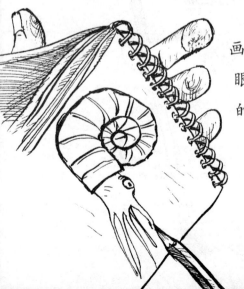

他还给这个宝贝画上鱿鱼的触角和大眼睛，他觉得它活着的时候就是这样的。

突然，一个陌生的声音喊道：

"嘭！"

一张长满雀斑的脸从石头后面冒了出来。"吓到你啦！你没听到我的声音，对不对？"男孩站了起来。他的 T 恤衫和休闲短裤上都是烂泥。"那是新一代化石小捕手吗？"

杰米笑了笑，拍了拍盖子。"这是最新一代的小捕手，里面的软件全都是最新的。"

男孩把红色的卷发撩到肥肥的招风耳

后。"我叫汤姆·克莱,"他说道,"我在学习追踪动物,以后我要上电视,当一名野生动物节目的主持人。你是谁呀?"

"我叫杰米·摩根,"杰米说,"我想当一名科学家。"

"你刚来这儿,是吧?"汤姆问道。

杰米点点头,说:"我刚刚搬到这里。看哪!我找到了一块鹦鹉螺化石。"

"哦,鹦鹉螺啊,"汤姆不屑地耸耸肩,"这里的鹦鹉螺有一大堆呢。"

"我想找恐龙骨头,"杰米告诉他,"恐龙可厉害了!"

汤姆看了看杰米的笔记本,笑了起来。"霸王龙守则!"他把望远镜放到眼睛上,说,"有时候,我假装自己在追踪恐龙……"他转过头来

看杰米，望远镜在阳光下
闪了一下。

　　汤姆咧嘴笑道："嘿，
你想知道恐龙山谷的秘密
吗？"

　　"当然啦！"杰米兴奋地喊道。

　　"那你跟着我。我们赶紧走！"汤
姆立马跑过沙滩。

　　杰米把他的化石小捕手放进背包，跟
在这位新朋友后面跑。"我们干吗要赶时
间呢？"杰米问。

　　"等涨大潮的时候，去悬崖的路就没
法走了，"汤姆说，"所以我们要赶在涨
潮前回来。"

　　汤姆带着杰米走上一条通往悬崖的窄
窄的小路，在路的最高处，杰米停下来看
风景，他可以看到爷爷在沙滩上钓鱼。

　　"那是我家。"杰米对汤姆说道，手

21

指着沙滩对面悬崖顶上那栋粉刷过的高塔。

汤姆看上去很惊讶，问道："你说的是船长的灯塔？"

"我爷爷就是船长啊，"杰米说，"我爸爸让我们搬来这里，他想把灯塔底层变成恐龙博物馆。"

"好酷啊！"汤姆说着，转过头看着一大堆长满青苔的圆石，说，"我们要爬到那里。"

"我最喜欢爬山了！"杰米说。

两个男孩吃力地爬上圆石。好不容易爬到顶上的大石头上，杰米迫不及待地问道："大秘密到底在哪里呢？"

"就在你背后哇。"汤姆说。

杰米立刻转过身。果然，在

圆石后面有一个大大的洞口，在海湾根本
看不到。

　　"哇，是一个秘密山洞！"杰米边喘
气边喊道。

第二章

"这是蛇头的洞，"汤姆和杰米说，"几百年来，都没有人用过。"

杰米走进黑乎乎的洞口，同时翻着背包拿手电筒。

"蛇头们把赃物都藏在这里，"汤姆说，"你可以看到煤油灯留下的痕迹。"

杰米打开手电筒，照着苍白的石墙。他可以看出墙上被熏黑的黑色条纹。汤姆往洞里又走了几步，敲了敲后墙，说："这是个死胡同。"

　　杰米拿着手电筒，照向地板，看到了一只蜘蛛，身上长着细长的腿。他靠着微弱的光，跟着蜘蛛。只见蜘蛛掠过拐角，消失在一个洞里。

　　"这不可能是死胡同，"杰米说，"看哪！"

　　这个洞有他的膝盖那么高。洞的下面宽，上面窄。

　　"我怎么没看到呢？"汤姆说，"我来这里无数次了。"

　　"这个洞够我们挤过去。"杰米跪下来把背包推进小洞里。"我进去啦。"他说着，用手电筒照亮黑暗的路，然后扭动着身子穿了过去。

　　"等等我！"汤姆大叫道。

　　第二个洞里更冷，而且漆黑一片。杰

米拿手电筒照着石墙、洞顶和地面。到处都看不到蛇头的煤油灯熏黑的痕迹。

　　"我们肯定是几百年来第一次到这里的人。"汤姆小声说。

　　"几千年吧！"杰米说。

　　"应该是几百万年！"汤姆说。

　　"嘿，这是什么呀？"杰米的手电筒照在脚边石板上的一个凹处。他跪了下来，用手指抚摩这个三叶草形状的凹痕。它看起来就像是化石小捕手上的恐龙脚印。

　　"我觉得这可能是一个化石。"杰米宣布道，脸上洋溢着兴奋之情。

　　杰米翻了翻包，打开化石小捕手。黑暗中一张恐龙脚印的图片在发光。他说："没错，这一定是石化的恐龙脚印！"

　　"哇哦，"汤姆说，他看了看屏幕又转头看向地面，"那些很罕见哪！"

　　杰米在光线的尽头又看见了一个凹处。

"看哪！这又有一个……还有一个……总共有五个。它们通向那堵石墙。"

杰米简直不敢相信。在他探索恐龙山谷的第一天，竟然发现了一只恐龙的石化脚印！

杰米小心翼翼地把左脚放到第一个脚印里。"它的脚和我的脚一样大！"他又把右脚放到第二个脚印里。杰米对后面的汤姆笑了笑，说："我们在追踪恐龙呢！左脚。"

洞里的墙上出现了一丝亮光。

"右脚……"光线变粗后，也就变亮了。杰米伸出左脚，又往前迈了一步，光线更粗更亮了，照得他只好用手挡住双眼。

当他的脚落地时，觉得地上软软的。

他小心翼翼地把手拿开。

结果，他发现自己已经不在那个黑黑的小洞里，而在一个充满阳光的洞穴里，身后是一堵石墙。脚印倒是还在——不过，这些脚印不是化石，而是恐龙刚踩出来的！

他向新的山洞迈了一步，汤姆就在他身后——刚从石墙里走出来！

"我们这是在哪儿呀？"汤姆问。

"我也不知道。"杰米看着四周陌生的环境说。

杰米走出山洞，脚下发出吧唧吧唧的声音。这地方到处都是树和藤蔓，他看不见很远的地方。

"这些树好奇怪。"附近的树枝上有一簇像杏子一样的果子，杰米摘了一个下来。果子闻起来好臭。"呀！汤姆，你肯

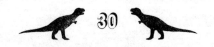

定不敢闻。"

汤姆用力地吸了一口气。"好恶心！"
他喘着气说，然后又咧着嘴笑着说，"你

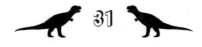

31

敢不敢咬一口？"

"我才不干呢！"

杰米把头摇得像拨浪鼓似的。

树上的果实掉到地上，把地面弄得黏黏的，到处都是臭臭的橙色果肉。杰米从地上捡起一片风扇状的树叶，说："你要知道，我好像在哪里见过它。"

他掏出化石小捕手，输入"风扇形树叶"。不一会儿，屏幕上就出现了叶子的照片。杰米点了一下和他手上树叶一样的照片。

"银杏：活化石，"他读给汤姆听，"现代也有银杏树，但是在恐龙时代银杏树随处可见，有时被称为臭炸弹树。"

"一点儿也没错，真是太臭了，"汤姆说，"我们去呼吸新鲜空气吧！"他推开了一堆蔓生植物。"这又通向哪里呢？"

"等等我！"杰米赶紧把几个银杏果塞进塑料标本袋，密封好后，和化石小捕手一起装进背包，跟着汤姆穿过灌木丛。

"小心哪！"汤姆在前面叫道。

地面又斜又陡，杰米想要慢一点儿，

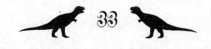

可是他的运动鞋底粘着黏滑的银杏果肉！

"我停不下来啦！"杰米大喊着，朝着悬崖的边缘跌下去。

汤姆把棍子的一端甩了出去。"抓住
这个,杰米!"他叫道。

杰米用力伸出手臂,抓住了棍子,他
的一只脚已经在悬崖外了。他摇摇晃晃的,
好不容易才站稳,说:"太感谢了!好险
哪!"

杰米从悬崖边往后退,凝视着面前的
风景。灰色的薄雾笼罩着一片翠绿色的森
林。在潮湿的空气里,能听见昆虫呼呼的
飞行声和嗡嗡声。

"这是哪儿呀？"他气喘吁吁地问。

在树丛中，杰米看到一个美丽的蓝色环礁

湖，在更远的地方有一片特别宽广的水域。

"那是恐龙湾吗？"

"不对，不对，"汤姆用望远镜仔细看了看，说，"那是一片海洋。"

啊咯！啊咯！啊咯！

在他们背后，天空突然传来了一阵奇怪的声音，杰米转过头，只见一只和小飞机一样大的红头鸟朝他们扑过来。

"小心！"杰米对着汤姆大喊道。

当长满银灰色羽毛的翅膀飞过头顶时，他们刚好躲了过去。汤姆拿着望远镜看着红头鸟。

"它飞过丛林了……在环礁湖边的一棵树上休憩，"汤姆和杰米说，"快看！它可真大呀！"

他把望远镜塞给杰米。杰米朝环礁湖的方向看去，吓得下巴都快掉了。他简直无法相信自己的眼睛！

"你看到什么了？"汤姆好奇地问。

"我看到，"杰米小心翼翼地说，"两头犀牛，但是它们头上长的不是一个大角，而是三个大角。也就是说，"他低语道，"它们不是犀牛……是三角龙！"

"什么？"汤姆说，"让我看看！"

杰米把望远镜还给他。"你说的没错，"汤姆说道，"那只大鸟也不是鸟，而是翼龙！"

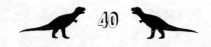

40

恐龙！！

两个男孩吃惊地看着对方。

是恐龙啊！！

他们兴高采烈地大叫，挥拳庆祝。

"但是怎么……"汤姆结结巴巴地说。

"我不知道，"杰米叫道，"不过，我们得再走近点！"

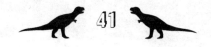

"在那里，"汤姆说，"那里有一个斜坡可以通往丛林。"

　　男孩们连爬带滑地下了山，很快，他们的脚就踩到了丛林软软的地里。高高的针叶树耸立在头顶上。他们走过时，巨大的蕨类植物像潮湿的刷子，刷过他们的大腿。一个蘑菇的巨大褶边立刻吸引了杰米的眼球，这个蘑菇上长着紫色和黄色的斑点。它是从一个腐烂的树桩上长出来的。

　　"这简直像做梦一样！"杰米说。但是，随后在离蘑菇边缘很远的地方，蕨类植物里传来了沙沙声。

咕隆。

　　"你听到了吗？"杰米小声说。

　　"什么呀？"汤姆笔直地站在那里。

　　蕨类植物里发出了嗖嗖声。咕隆。

　　"就是那个声音！嘘！"杰米小声说，"那里有动静！"

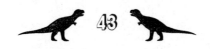

杰米和汤姆躲在树桩后，慢慢地从蘑菇后面探出头偷看。

他们终于看到了发出咕隆声的动物。这个动物肥肥的，身上长满了鳞片，它的头很扁，骨头突出，身上有绿棕色的污点。它用两条强健的腿站立，满怀希望地看向一棵树。

"一只小恐龙！"杰米低声说。

他们看着它，小恐龙用爪子抓着针叶树，把长尾巴戳进地面，来保持平衡。之后，它用短小的手臂使劲儿摇树。它的尾巴抽搐了一下，自己轻轻地咕隆几声。

"它在思考呢。"汤姆小声嘟囔着。

"它太酷了！"杰米小声说。

恐龙往后退了几步。它低下头，向树猛撞过去。

砰！

恐龙扁平的头顶撞到树干，针叶树晃

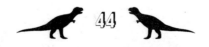

动起来。

"它很强壮。"汤姆说。

"你觉得它会伤害我们吗？"杰米问。

"我来查查。"汤姆从杰米的背包里找出化石小捕手，输入了关键字"扁平头骨""用头撞击"。

"皖南龙，"汤姆看着屏幕读道，"它是食草恐龙。"

"也就是说它吃植物。"杰米补充说道。

"用头骨保护自己，抵抗食肉恐龙。"

汤姆把化石小捕手放进杰米的背包，只见小恐龙又快速地跑起来，再次向树干猛撞。

"它把树当作食肉恐龙啦！"汤姆站起来，笑道。

听到汤姆的笑声，小恐龙把头歪向一边，转过头，伤心地看着汤姆。

"你伤害了它的感情。"杰米说着，

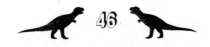

站在汤姆旁边。

"对不起，皖南。"汤姆安慰着小恐龙。

皖南龙朝着汤姆眨了眨眼睛，又看了看杰米。它向后退了三大步，两条腿轮流抬起。

"它要加速了。"杰米说。

"冲啊，皖南，加油！"男孩们欢呼起来。

皖南龙把头低下，向树干猛冲。

砰！

树晃动起来。

啪嗒！

一个松果掉到地上。恐龙把它塞进嘴巴，开心地看着男孩们。然后，它摇了摇尾巴，后腿一蹬，很快就跑掉了。

"我们跟上它！"汤姆说。

"等一等……"杰米用化石锤在树桩上刻了一个"W",说,"这样,我们就能记得是在这里碰到了皖南。"

男孩们爬过那棵树,杰米问:"好了,它往哪儿走啦?"

汤姆看看周围被踩过的植物。"它走过去的时候,把它们踩乱了,"他说,"我们可以跟踪它的足迹。"

小恐龙的足迹一直通向一块小空地,男孩们看到它用后腿站立,正在咀嚼叶子。它转过来面朝他们,把扁扁的头低了下来。

"噢,"汤姆说,"它想撞我们!"

"没事的,皖南。我们不是食肉恐龙。"杰米说着,把背包放在地上,拿出了那袋臭臭的银杏果。他把一个银杏果滚到皖南龙面前。皖南半信半疑地闻了闻果子。

"它不可能想吃的。"汤姆一边说,一边用手捂住鼻子。

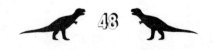

皖南低下头看汤姆，用爪子抓住银杏果，大吃起来。它边吃边发出咕隆的声音，臭银杏果的果汁从下巴流了下来。

恐龙的长舌头把每一滴恶心的果汁都舔干净了。"真香，真香！"杰米边说边做了个鬼脸。

皖南看着杰米，然后又看了看杰米的背包，摇了摇尾巴。

突然，小恐龙一动不动了。

整个丛林里一片寂静，连昆虫都不作声了。大地剧烈地颤抖起来。

"有东西过来了，"杰米小声说，"某些巨大的……"

砰!

大地在摇晃。皖南飞快地躲到长满叶子的树木后面。

砰!

大地震动得更厉害了。皖南从树枝后面探出脑袋，上下摆动着头。

远处不断传来树枝折裂的声音，地面震动得更剧烈了。

"不管是什么东西，它正朝着我们过来了。"杰米说。

"快点。"汤姆说。

男孩们互相看着对方。

"我们得赶紧离开这里!"杰米喊道。

"往哪边走?"

突然,有东西把杰米的包从他背上拽走了。杰米转过头,看到皖南嘴里叼着包,

朝着丛林猛冲。

"皖南！"杰米跟在皖南后面，汤姆紧跟其后。

小恐龙在一条浅浅的小溪前打滑，突然停了下来。它回过头，注视着杰米。之后，它把头猛地转向小溪，跳了进去。

大地又一次震动了。

“皖南想把我们带到安全的地方！”杰米大叫道，也跟着皖南跳进了小溪里。

“它太聪明了！”汤姆边喘气边说道，“水可以掩盖我们身上的气味。”

皖南给他们带路，在小溪里往前走，小溪蜿蜒流经一堆大圆石。在这里，它往回瞥了一眼，跳出小溪。

杰米和汤姆跟在后面，跌跌撞撞，溅起许多水花。他们爬到岩石上，站了一会儿，身上吧嗒吧嗒地滴水。

“它去哪儿啦？”杰米说。

嗷呜！

他们的身后有东西正穿过树林。杰米快速转过身，却在湿漉漉的石头上滑了一跤。

汤姆伸出手，但是杰米抓住汤姆的手时，两个人都跌倒了，滑进了两块岩石的缝隙里。

杰米重重地落到地上，发现他自己正

对着皖南的脸。

咕隆！

皖南舔了舔杰米和汤姆，口水都弄到他们脸上了。杰米很高兴再次见到了他的背包。

"我们安全了吗？"杰米小声说，"追着我们的那家伙走了吗？"

男孩们仔细地听着。

"应该是吧！"汤姆小声说。

砰！

岩石晃动了起来。

"它在这里！"汤姆小声说道。

杰米从头顶上的缝隙偷偷地往上看。他本以为会看到丛林的树，结果却看到了一个黑不溜秋、黏糊糊的洞。

突然，一团黏液从洞里飞溅到杰米的脸上。

"啊啊！"杰米抹了一把脸，"我猜那是它的鼻子。"

这个大家伙抬起头，大吼了几声。

嗷呜！嗷呜！

吼声在岩石间隆隆作响。

杰米能看得清它的下颌。腐烂的肉悬在尖牙的四周。

"哎呀！嘴巴真臭！"杰米开玩笑说，"比臭银杏果还臭。"

"它看上去一点儿也不友好，"汤姆说，"它、它是什么啊？"

黄色的大眼睛，大红色的鳞片，杰米透过岩石缝隙研究着这个庞然大物。

"都、都不需、需要用化、化石小捕

手了，"杰米结结巴巴地说，"这是霸、霸、霸王龙！"

黄色的大眼睛消失了。

"我们有麻烦了！"杰米低声说。

"麻烦大了！"汤姆说。

突然，一只长长的爪子从缺口戳了下来。

"当心！"杰米大叫起来。他赶紧把汤姆往回拉，拿背包当防护盾。皖南和汤姆缩着身子躲在后面。

那只爪子伸了下来，在石头空隙里乱抓乱摸。

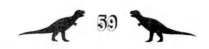

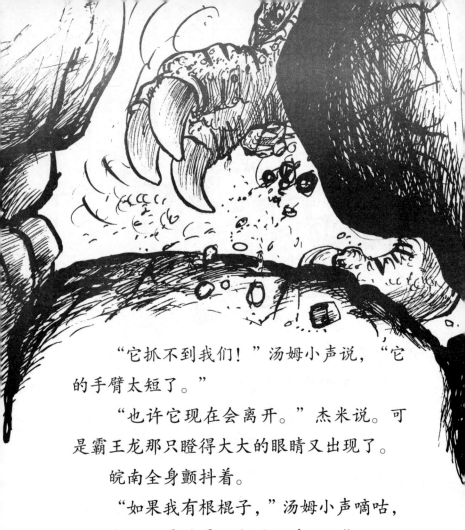

　　"它抓不到我们！"汤姆小声说，"它
的手臂太短了。"

　　"也许它现在会离开。"杰米说。可
是霸王龙那只瞪得大大的眼睛又出现了。

　　皖南全身颤抖着。

　　"如果我有根棍子，"汤姆小声嘀咕，
"就会把它戳进霸王龙的眼睛里！"

　　"我们肯定可以用什么东西来对付
它。"杰米在背包里边摸索边说，"我们
看看它喜不喜欢这个。"杰米拿出手电筒，

对准霸王龙的眼睛。然后，他打开手电筒。

嗷呜！嗷呜！

眼睛消失了。杰米小心翼翼地把头伸出裂缝。霸王龙咚咚咚地往丛林跑去。

"哟！"杰米说，"我们好像安全了。"

男孩们相互击掌庆祝。

"现在，我们要赶紧离开这里，"汤姆说，"在它回来之前！"

男孩们和皖南从空隙里爬出来，这次还是皖南带路，往下游走。"你有没有看到那家伙的牙齿？"一边跟着恐龙朋友，杰米一边嘟囔着，"那头霸王龙可以把我们撕成碎片！"

"它能一点儿一点儿活生生地把我们吃了！"汤姆说着说着，全身颤抖起来。

慢慢地，小溪变宽了，两边的树木也开始稀疏起来。很快，男孩们到达了之前在银杏山上看到的蓝色环礁湖边上。皖南

在一块大石头边上停了下来，开始咀嚼一株多叶的灌木。

"我们离那个洞好远了，"汤姆说，"还有一头霸王龙想吃我们。要怎么才能回家呢？"

"我、我也不知道……"杰米注视着波光粼粼的蓝色水面。他们身后，有些东西在咯咯叫。

男孩们快速转过身。咯咯声是棕榈树上的爬行动物发出来的，它们长得像蝙蝠，嘴是黄色的。这些动物看起来像没折好的棕色雨伞，它们用带鳞的脚和翅膀上带爪的手紧抓着棕榈树的叶子。

"它们肯定是另外一种翼龙。"汤姆说。

就在那时，
翼龙飞向天空，
咯咯叫着，拍打
着翅膀。

"它们怎么
啦？"汤姆看着
这些像鸟一样的
动物飞走了，疑惑地问。

环礁湖一片寂静。只能听到湖水轻轻
拍打岸边的声音。然后，大地开始震动起来。

"啊哦！"杰米和汤姆齐声说道。

"是霸王龙！"

第六章

搜索：
ABCDEFGHIJKLMN
OPQRSTUVWXYZ
[1234567890]():;"'.!?

男孩们转过头，看到霸王龙从丛林里跳出来，扬起一片沙尘。它扫视着沙滩，身上绿色的鳞片在阳光下发亮，像波浪一样此起彼伏。

然后，它看到了他们。

嗷呜！

霸王龙低下头，眼睛上方的眉骨在阳光下发光，它朝着男孩们走了过来。

"我们要被霸王龙吃掉了。"汤姆悲伤地说。

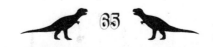

之后，突然间从身后传来了树枝折断的声音。霸王龙猛地抬起头，盯着丛林的边缘。

杰米慢慢地转过头。这时候，他看到另一头霸王龙穿过树林来到沙滩。

"哦，不！"汤姆说。

这头霸王龙和第一头霸王龙一样大，但是身体的颜色更深，身上还有黑色条纹。

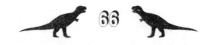

它正向他们
走过来。

"当心！"
第一头霸王龙去找
第二头霸王龙时，杰
米赶紧滚到边上，腾出一
只恐龙脚的位置。

它的尾巴甩过汤姆头顶，汤
姆赶紧躲开。第一头霸王龙对着新来的这
头霸王龙大吼，男孩们在边上看着。

"它们的目标不是我们！"他小声说。

"也许它们在争夺领地。"汤姆猜道。

第一头霸王龙把爪子猛地戳进第二头
恐龙的喉咙里。身体颜色更深的恐龙大声
尖叫着，在地上打滚，猛甩尾巴。后来，
它挣脱了束缚，立刻跳到第一头霸王龙的
背上。它紧紧抓着第一头霸王龙，咬它的
脖子。

"我们赶紧离开这里！跑哇！"杰米拉着汤姆就往树林跑。

皖南在他们后面跳着前进。

慢慢地，丛林里霸王龙之争的咆哮嘶吼声越来越弱。

"我们迷路了，对不对？"杰米坐在地上，手托着脑袋，"我们要怎么回去？"

咕隆……

咕隆……

咕隆……

皖南朝着树林飞奔。

"要不我们跟着皖南走？"杰米说，"这样我们才最有可能找到回家的路。"

过了一会儿，他们就回到了小溪。"这是之前的那条小溪吗？"杰米很疑惑。

然后，皖南把他们带回到圆石堆。

"这是之前我们躲霸王龙的地方！"汤姆开心得咧嘴大笑。

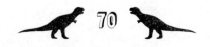

他们穿过长着紫色和黄色斑点的蘑菇，杰米弯下腰，看到树桩上的"W"。"这是那棵皖南树！"他笑道。

后来，他们爬上了斜坡，穿过银杏林，最后，他们竟然站在了洞口前。

"我们就是从这儿出来的！"杰米指着坚硬的石墙边新鲜的恐龙脚印说。

皖南站在边上，摇了摇尾巴。然后，它又走开了，留下了两个和之前一样的脚印，但这次的脚印面对着岩石。

"这些是你的脚印哪！"杰米喘着气说。

皖南对他眨了眨眼睛，转过头，跑进山洞角落里一个树枝和树叶堆起来的地方。

"那是皖南的窝！"

杰米从他背包里拿出最后一个银杏果。

"皖南，这个送给你，"他说着，把银杏果放在地上，"谢谢你帮了我们。"皖南把鼻子伸出窝外，把银杏果推回给杰米。

"我觉得它想留给你，"汤姆说。

杰米一边捡起银杏果，一边说："好吧，皖南。"他皱了皱鼻子，笑着对汤姆说，"我要把它放到爸爸的博物馆里。"

汤姆凝视着岩石，一脸疑惑。他猜想："我们向前走，回到了过去；那如果向后退，我们就可以回到未来。"

杰米点点头，说："希望是这样！"

汤姆背对着岩壁。然后，他把右脚放进皖南的脚印里，左脚往后退。接下来，出现了一道亮光，这时候就剩下杰米和皖南了。

"成功啦！"杰米和皖南说，"也就是

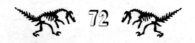

说我们可以回来，再见到你！"

他拍了拍小恐龙的鼻子。皖南舔舔杰米的手，然后把身体缩进了窝里。

"皖南，再见啦！"杰米一只手拿着银杏果，一只手拿着手电筒。在亮光中，他往后退，感觉到脚下软软的地面又变成了硬邦邦的石头。然后，他回到了洞里，和汤姆在一起。

杰米感觉手里的银杏果变软了，就用手电筒照着，看着它变干，碎成尘土。

"我们不能把过去的东西带回来。"他对汤姆说。银杏果的灰从手指间慢慢掉落。

"带不了也没关系，"汤姆说，"那玩意儿太臭了。"

男孩们从岩石洞里挤出去，跌跌撞撞地爬下圆石，匆忙走下悬崖上的小路，跑到了沙滩。

杰米的爷爷正在收拾他的渔具。他卷着钓鱼线，看到男孩们时，对他们笑了笑。

"你们找到恐龙了吗？"他问道。

杰米对汤姆使了个眼色，说："我们发现了一个很棒的洞，对吧，汤姆？"

"对，特别棒！"汤姆表示非常赞同，"我们明天再去探险吧！"

"好主意！"杰米说着，举起他的背包，转向爷爷，说，"您和爸爸没意见吧？"

"只要你们不受伤……"爷爷眼睛闪了闪，把钓鱼竿甩过肩膀，拎起了他的那桶鱼。

"汤姆，明天见吗？"杰米和他新朋友说。

"嗯，明天见！"汤姆挥手告别。

杰米和爷爷走在回旧灯塔的路上。爷爷问："你会喜欢住在这里吧？"

　　"当然啦！"杰米咧嘴笑了，"我等不及要在恐龙山谷继续探险啦！"

恐龙世界

━━━ 男孩们的路线

丛林

迷雾
环礁湖

白色海洋

远山

破碎岩瀑布

大平原　尖牙石

银杏山

当心！
我来啦……

探秘
恐龙山谷
三角怪兽的天下

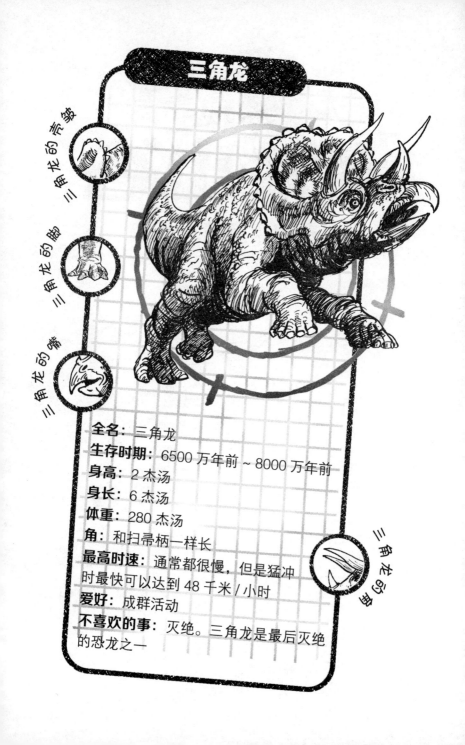

三角龙

三角龙的羞耻

三角龙的脚

三角龙的喙

三角龙的角

全名: 三角龙

生存时期: 6500 万年前 ~ 8000 万年前

身高: 2 杰汤

身长: 6 杰汤

体重: 280 杰汤

角: 和扫帚柄一样长

最高时速: 通常都很慢,但是猛冲时最快可以达到 48 千米/小时

爱好: 成群活动

不喜欢的事: 灭绝。三角龙是最后灭绝的恐龙之一

第一章

杰米沿着恐龙山谷布满卵石的沙滩一路小跑，去见他的新朋友。

"东西都带了吗？"汤姆·克莱问。他从石头上跳了下来，说，"我带了望远镜和指南针。"

杰米放下背包，翻了翻，在里面找可以找到化石的装备，说道："我带了小折刀、笔记本和化石小捕手。"杰米全新的掌上电脑里有各种各样的史前信息，只要按几个按钮，一下就查到了。

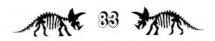

"我还带了一些三明治，"杰米说，"里面有奶酪和爷爷自制的泡菜，保证你吃了还想吃！"

"我已经等不及了，好想马上回到我们的洞里。"汤姆一边说，一边左跳右跳。

"你是等不及要去看恐龙了吧！"杰米说。说着两人就匆匆地跑下了沙滩。

昨天，杰米和汤姆第一次相遇，他们一起发现了恐龙山谷最大的秘密：一个充满活恐龙的神奇世界！

刚开始，杰米找到了一些石化的恐龙脚印，后来脚印把他们领到一个地方，在那里，恐龙仍然在地球上漫步呢。

　　"这么大的秘密实在太难保密啦，"杰米坦白道，"我哥哥一直问我昨天做了什么。"

　　"没错！"杰米回答道，"我爸爸今天早上拿了一个巨大的三角龙头骨放在博物馆里。可我却一直想着我们昨天见到的真正的三角龙。"

　　杰米和爸爸刚搬到悬崖上的灯塔里，还有他的爷爷。杰米的爸爸打算在灯塔底层开一间恐龙博物馆。他爸爸比其他人都更了解恐龙，但是他并不了解霸王龙。

　　"我忘记告诉你了！"杰米边喘气边

说。他们费力地沿着陡峭的路线前往秘密山洞。"我带了一些彩色铅笔，我想我们可以在我的笔记本上画恐龙世界的地图。"

"这主意太棒啦，"汤姆说，"我们将会像真正的探险家一样，给未知的领土画上地图。"

"还可以看到特别特别多的恐龙！"

他们到达通往秘密洞穴的高高的圆石堆，借助岩石的缝隙爬了上去。站在圆石顶上，杰米看到爷爷在海湾钓龙虾。

杰米很快溜进黑乎乎的洞里，但是汤姆却在隐蔽入口那

儿停了下来。"要是恐龙世界不在这儿怎么办？"他问杰米，"要是昨天我们是做梦呢？"

杰米笑了笑，笑声在洞里回响。他说："不可能！那头霸王龙一定是真的！"他兴奋地打开手电筒，照亮远处的角落。他们借着光，看到了墙上的一个小洞。

杰米脱下背包，肚子贴地，爬进了第二个更窄的洞，洞里一片漆黑。杰米和汤姆怀疑他们是第一批到达这里的人。

杰米把手电筒照向石头地板，说："这是我们昨天发现的石化脚印。"

"这是最棒的石化脚印啦！"汤姆说。这些脚印曾把他们带到了恐龙世界。

汤姆把脚放进地面的第一个凹痕。"要开始啦！"他说完以后，小心地把脚踩进每一个脚印，按恐龙的脚印走。

　　杰米紧跟在后面，每走一步，嘴里数着："一、二、三、四、五！"

　　寒冷潮湿的洞立刻消失了，汤姆和杰米站在一个充满阳光的洞里，凝视着巨大的树林。在阳光的照耀下，树上光影斑驳。空气闷热潮湿，他们可以听到昆虫的嗡嗡声。跑出洞穴，他们踏上了恐龙世界潮湿柔软的地面。

　　"我们又回到丛林啦，"杰米兴奋地说，"我们到银杏山喽！"

　　"太爽了！"汤姆说着，急切地向四

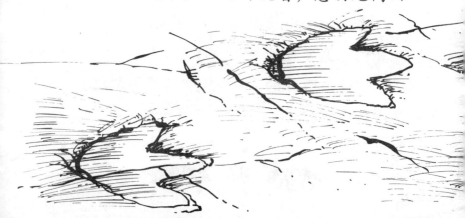

周张望。

　　杰米笑着说："太热了吧！"说完，他从地上捡起一片大叶子，拿来扇风。突然，他停了下来，说："那是什么声音？"

　　男孩们仔细听，在冒着蒸汽的丛林里，他们听到了窸窸窣窣的声音，这声音离他们越来越近了。

　　"有东西过来了！"汤姆提醒杰米。

　　就在那时，一个肥肥的长满鳞片的小动物，从蕨类植物里蹦了出来，它的头很扁而且骨头突出。它用又粗又短的后腿小

跑，朝杰米扑了上去，杰米躺到了地上。

咕隆！咕隆！咕隆！

"是皖南！"汤姆松了口气，大叫起来。

在杰米和汤姆到恐龙世界的第一天，他们就见到了皖南，化石小捕手说它是"皖南龙"。在霸王龙追他们的时候，是皖南帮助了他们。

"好啦！别舔啦，皖南！"杰米喘着气说，想把皖南从身上推下去，"你的舌头像砂纸一样，太粗了。"

　　汤姆把手伸高，从边上的银杏树上摘了一堆臭烘烘的小银杏果。他拿了一个银杏果递给皖南，说："吃个臭炸弹吧，皖南。这是你的最爱哦！"

　　皖南跳了过去，贪婪地大吃起来，杰米才摇摇晃晃地站起来。汤姆又给了皖南一个银杏果，然后扔了几个给杰米，杰米把它们藏进背包里。

　　"我们来画地图吧！"汤姆说。

　　杰米翻包时，皖南凑上去闻他的背包。杰米把笔记本和彩色铅笔掏了出来。"我们在这儿，"他一边说，一边在纸的中间

画银杏山。"昨天我们看到了海洋和环礁湖，它们在西边。"杰米说完，把它们也画了进去。

汤姆看了看指南针，说："我们今天往北走吧。"

"好哇，"杰米说，"皖南，走哇！我们一起去探险。"

皖南摇了摇尾巴，开心地和男孩们一起小跑起来。他们穿过蕨类植物和蔓生植物，还经过黏糊糊的巨大的毒蘑菇。

最后，他们走到了树林的一个缺口，透过缺口往前看。下面是密密麻麻的丛林，丛林前面是广阔多草的平原，平原上一条大河向银杏山蜿蜒而来。

"看那些远处的山，"汤姆一边用望远镜看着地平线，一边说，"那些山好高哇，山顶都钻到云层里了。"

"远山——这名字取得好！"杰米说

着，就把这名字潦草地写在地
图上。

　　接着，杰米拿过望远镜，
看着平原，他看到的景象不禁
让他倒抽了一口气。在小河的
拐弯处，立着十五间奇形怪状

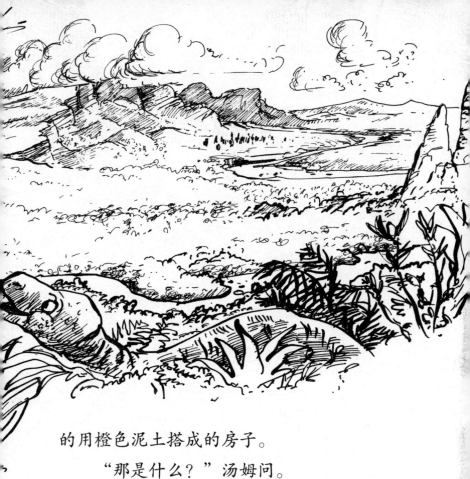

的用橙色泥土搭成的房子。

"那是什么？"汤姆问。

"我不知道，"杰米回答说，"我觉得……我觉得那是一个村子！"

"不可能！"汤姆把望远镜拿过来，倒吸了一口气，说，"我还以为我们是恐龙世界里唯一的人类呢。"

"我也是这么想的，"杰米说，"但是……他们会是谁呢？在恐龙时代，并没有人类呀。人类要过几百万年才出现呢！"

"好吧，如果'我们'在这儿，"汤姆推理道，"也许其他人也能来这里吧？"

"也可能这些房子根本就不是人类住的，是别的动物住的呢。"杰米猜测道。

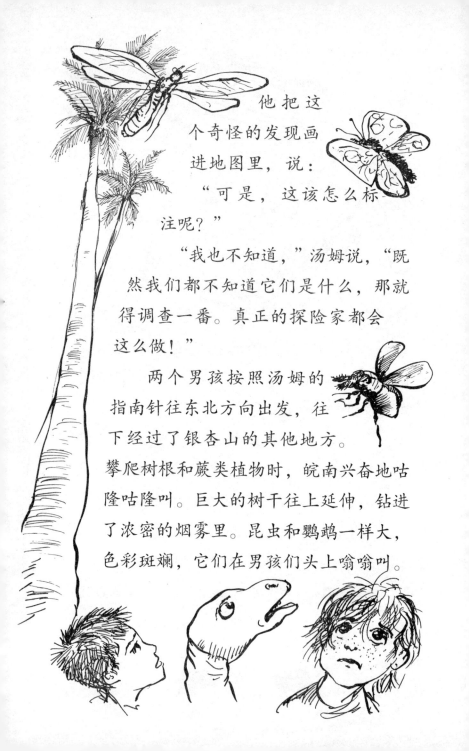

他把这个奇怪的发现画进地图里，说：

"可是，这该怎么标注呢？"

"我也不知道，"汤姆说，"既然我们都不知道它们是什么，那就得调查一番。真正的探险家都会这么做！"

两个男孩按照汤姆的指南针往东北方向出发，往下经过了银杏山的其他地方。攀爬树根和蕨类植物时，皖南兴奋地咕隆咕隆叫。巨大的树干往上延伸，钻进了浓密的烟雾里。昆虫和鹦鹉一样大，色彩斑斓，它们在男孩们头上嗡嗡叫。

很快他们听到了水声，并发现自己站在一条大河的岸边，大河把森林分成了两半。

　　"如果我们想要到达那些房子的位置，就必须游过这条河。"汤姆一边说，一边往河边走。

　　"等一等！"杰米警告道。他把背包放下来，拿出化石小捕手，点开盖子。屏幕上一张霸王龙脚印的照片发出亮光，照片上方写着"捕猎愉快"。下面的光标在跳动，杰米输入了关键词：生活在河里的史前动物。

　　"我们可能会遇到它，"杰米说着，把化石小捕手递给汤姆。"鳄龙，"汤姆读道，"嗯。它长得像鳄鱼。"

"而且我们长
得像它的晚餐!"杰米
往水里仔细看,想找到生命
的迹象,结果看到了好几块浅灰
色凸起的东西,他赶紧说,"看那里。"

"这些是石头,化石迷,"汤姆说,"我
们可以从那儿过河!"

男孩们和皖南跑到了河对岸,汤姆又
看了看指南针,他们就往树林里跑去了。

"我们要多久才能到房子那里？"
汤姆问。

"这就难说了，"杰米吸了一口
气说，"不过为了地图，我们要弄
明白那些到底是什么。"

男孩们跌跌撞撞地走到

一片大空地，周边三面都是蔓生植物。皖南抓了一簇放进嘴里，开心地大吃起来。

"好了，皖南。午餐时间到啦！"杰米宣布道。他爬上一根原木，剥开奶酪泡菜三明治的锡纸，正要把三明治递给汤姆，这时皖南跳了起来，用嘴叼走了一半。

"嘿，那是我的午餐哪！"汤姆尖叫起来。可皖南却贪婪地咀嚼起来。突然，小恐龙惊讶地眨了眨眼，开始绕圈小跑，摇头摆脑地，发出奇怪的嘎嘎声。

"他吃到爷爷的泡菜啦！"杰米大笑道。

森林里传来一阵深沉的隆隆声，杰米和汤姆吓得马上停了下来。

"只有特别大的家伙才能发出这种声音，"汤姆嘟囔着。他往身后瞥了一眼，说："如果又是霸王龙怎么办？"

"等等——我听到了哞哞声。"杰米疑惑地说。他的注意力集中到了离他们最

近的蔓生植物墙上。

"听起来像一群巨大的奶牛。"汤姆说。

他们又听到了藤条折断撕裂的声音。面前的蔓生植物突然晃动起来，杰米和汤姆一下子跳起来。最后一条藤折断时，杰米吓得三明治都掉了。

一个嘴部突出、长着三个大角的巨大的头探进了空地。

第三章

搜索：

"它是三角龙！"杰米小声说。他被赫然出现在上方的大头吓呆了。

"好大呀！"

杰米和汤姆的脸感受到了三角龙呼出的热气。三角龙鼻子一哼，整个身体穿过了藤蔓植物，慢吞吞地走进空地。

"我很欣慰它不是霸王龙，"汤姆说，"但是我不敢相信它竟然这么大！"

"今天早上，爸爸还和我说到三角龙呢，"杰米说，"它大约有十吨重——和

大象一样！"

"我可不想被它踩到！"汤姆急忙爬上树，把身后的杰米拉上来。

蔓生植物又摇晃起来，另一头三角龙也挤进空地。很快，一大群长着三个角的动物进入他们的视线。

一头三角龙把头低下来，开始吃面前带刺的草。整群三角龙都在津津有味地咀嚼小草，完全忽视了他们。

"看哪，皖南！"杰米说。这时他们的恐龙朋友正在开心地吃附近的小花。杰米对它说："它们是食草动物，就像你一样。也就是说，它们不会吃我们。"

"这是没错，可是如果有一头踩到我们，那也够危险的！"汤姆回答道，"我们还是别从它们当中穿过去了，那样太冒险了。要不我们把它们从空地上吓跑？"

"我认为把一群三角龙吓跑可不是什

么好主意，"杰米说，"它们会像大象一样横冲直撞的！"

这群三角龙中最大的那头发出了一声

牛鸣。那声音在空地上隆隆作响，其他恐龙都开始行动起来。树上的男孩们也跟着摇晃起来。

"领头的恐龙在发号施令呢，"汤姆说，"是什么意思？"

"我觉得这意味着它们要前进了！"杰米说，"而且它们要往房子那里去了。"

这些像树干一样粗的腿从他们身边经过，树四处晃动，男孩们试着保持平衡，可是震动太强烈了！杰米从树上滑了下来，

生怕被踩扁，赶紧滚开了。

"我们要怎么做呢？"杰米上气不接下气地问。他好不容易才安全地爬回树上，说："我们要躲开他们的大脚！"

"我觉得坐在三角龙的身上最安全啦！"汤姆说，"否则，我们会被压扁的！"

"化石迷！"杰米尖叫道，"我们得用蹦床才上得去哇。"

"可能不需要呢。"汤姆说着，从杰米的包里拿出几颗银杏果，放了一颗在手上，伸了出去。一头三角龙停了下来，在

空中嗅了嗅。然后，它转过头，面对男孩，猛地哼了一下，差点把男孩从树上吹下来。汤姆快速地把银杏果丢到地上。只见三角龙巨大的头低了下来，男孩们刚好能够得着它的褶边。恐龙在咀嚼橙色果子时，它强壮的下颚在地上发出吵闹的声音。

汤姆又扔了几个银杏果到地上，小声说："现在，我们可以试着爬上去了。"

汤姆很快抓住了三角龙的褶边，小心翼翼地爬上三角龙的额头，生怕吓到它。然后，他把手伸下来，给杰米搭把手。很快，

他们都坐在像皮革一样的三角龙脖子上，紧抓着它的一个角。

"我们远离了三角龙的粗腿，但它要是把我们扔下去怎么办？"杰米问。

"我觉得它根本就不会注意到我们。"汤姆回答道。

他们骑着的那头三角龙把银杏果吃完了，抬起头，开始跟上大部队。皖南侧着头，注视着男孩们。

"嘿，皖南，"汤姆朝它挥手，"看我们多厉害！"

"这太酷了！"杰米说，"就像坐在一辆巨型自行车的把手上。"

"路上颠簸，抓紧啦。"

汤姆说。

三角龙摇头晃脑、笨拙地穿过丛林里杂乱的蔓生植物和树。杰米和汤姆左滑右滑，躲避沿路的树枝，皖南在三角龙群中小跑着，用最大音量发出咕隆声。

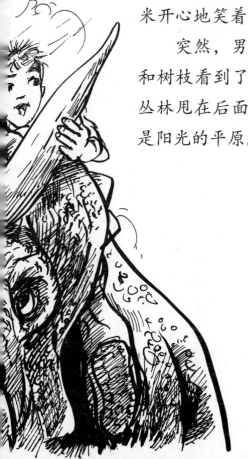

"这可比走路快多啦！"杰米开心地笑着。

突然，男孩透过大片的树叶和树枝看到了亮光。三角龙们把丛林甩在后面，轰隆隆地跑到满是阳光的平原。

这片开阔的土地在热气中闪闪发亮，杰米朝它瞥了一眼。

"看哪！"他用手指着，"又是那条河——它从山上流下来了。"他把笔记本靠在三角龙的角上，从山顶画了一条弯弯曲曲的线，从平原穿到丛林。

"在某种程度上，我们是这里第一个画地图的人。"汤姆说这话时，恐龙群正在匀速穿过闷热的平原。

"我们是第一批探险者，骑恐龙观光，"

杰米开心地宣布道，"这太棒了。我可以看到好几公里远的地方呢！"

"看这些巨大的恐龙。"汤姆说着，指着一群缓慢移动的恐龙，它们正在吃树叶。汤姆假装对着一台摄像机说："我是汤姆·克莱，在恐龙世界的大平原为您报道。要是能骑着三角龙旅行，谁还需要吉普车呢？"

杰米笑了。他知道汤姆想当一名野生动物节目的主持人。

汤姆继续说："现在我们面前的是阿拉摩龙，它们把脖子伸到最高的树枝处。在更远的地方，我们可以看到即将为您揭晓的房子。不要走开哦，敬请期待有史以来最令人激动的发现！"

三角龙轰隆隆地往前走，男孩们欣赏着沿途的风景。

"有没有看到那块奇怪的石头？"汤姆一边看着指南针，一边说，"在我们东边。"

"看起来像是一颗大尖牙，"杰米说，"我们先叫它'尖牙石'吧！"他把尖尖的石头画在地图上，然后在旁边标注了一下。接着，他抬起头往前看。"嘿，我们现在离房子很近啦。"他赶紧把笔记本收起来，说，"它们至少有我爸爸的三倍高！"

这些稀疏的塔立在闷热的空气里，一片寂静，好像没有人住。

"我觉得它们不是房子。"杰米说。这些土堆是用凹凸不平的橙色泥土堆成的，上面还有很深的裂缝。它们既没有窗户也没有门，杰米实在想不出什么动物会住在里面。

"也不见恐龙的踪影，"汤姆说，"真奇怪。"

"好像要发生什么事。"杰米小声说。

恐龙群在离奇怪的塔有一定距离的地方停了下来，焦急地哞哞叫。

"它们又在发信号了，"汤姆说，"看上去它们也不喜欢这些塔。"

"我觉得皖南也听不懂它们的语言。"杰米说。

大家都小心翼翼的，只有皖南兴奋地在一个塔的底下乱抓。突然，一群橙色的昆虫从洞里蜂拥而出，爬到皖南身上。皖南往后跳，用爪子拍自己的脸。

"是白蚁！"汤姆倒抽了一口气，"这些是白蚁丘。"

这些像蚂蚁的生物

和老鼠一样大，杰米从没见过这样的东西。

白蚁慢慢爬满皖南的全身，它一边尖叫，一边甩着身体。

"皖南的速度变快了。"杰米说。这时皖南发狂地跳动起来。杰米说："它四处乱甩乱跳，把白蚁都甩下来了！"

"可是它把三角龙吓到了！"汤姆大

哭起来。

三角龙惊慌地跺脚,往后退,相互推撞。地面震动起来,似乎把白蚁惊醒了,成千上万的白蚁从白蚁丘里纷纷跑出来。杰米看到白蚁顺着领头的三角龙的腿爬上去,爬进了它的眼睛和鼻子里。

领头的恐龙像愤怒的公牛一般猛地仰头,想把白蚁甩下来,但是没有用。它的动作不像小巧灵活的皖南一样敏捷。突然它在恐慌中咆哮起来,笔直地朝白蚁丘撞过去!干燥的泥土和昆虫散落在地上,弄得到处都是。

杰米和汤姆感觉到他们身下的恐龙身子往前一倾,其他的恐龙也开始跑起来了。

"它们要大逃窜了!"杰米大叫道,"抓紧啦!"

恐龙们在橙色的尘土中逃窜,男孩们抓紧恐龙角。杰米像是牛仔竞技骑手一样

被颠上颠下。后来，杰米觉得腿上有点痛，往下一看，发现一只白蚁在腿上爬。尽管颠簸不平，杰米还是很快把它弹走了。但是，没过一会儿，浩浩荡荡的白蚁大军爬过三角龙的头，朝他爬过来。

杰米努力地想把爬过来的那些白蚁踢走，可是他的动作太大了，结果背包从肩膀滑了下去！他迅速伸出一只手去抓它，可是太迟了。背包最后还是掉到了地上，消失在尘土里。

杰米不敢相信这是真的。他竟然把珍贵的化石小捕手和笔记本弄丢了，而自己却什么也做不了。

昆虫爬遍他的身体,有的在他头发里,有的沿着脖子往下爬。

"哎哟!"一只白蚁咬了杰米的腿,他哭叫起来。从腿一直痛到脚,但他还是把另外一只白蚁弹走了。

"我也被咬了!"汤姆哭着说。

男孩们努力忘记身上的刺痒,紧紧抓着恐龙角,这样才能活着。

"皖南在哪里?"汤姆大叫道。

"我不知道,"杰米叫道,"我看不到它!"

三角龙继续往前逃窜,很快,恐龙群就往下冲了。

"我们要往河岸下面走了!"汤姆身子往后倾斜,紧紧抓着恐龙角,他们已经靠近水边了。

杰米吸了一口气,说:"而且它根本就没打算停下来!"

125

第五章

哗啦！

两个男孩骑着的三角龙冲进了翻腾的河水。男孩们被扔进水里，大恐龙在水里乱扑腾，昆虫则被水淹死了。杰米游到水面上，把手伸出水面，让自己远离恐龙的身体和角。

巨大的三角龙站在水里，看着咬它们的白蚁被水冲走，似乎松了一口气。

"它们想把白蚁冲掉。"杰米结结巴巴地说。

 127

"它们也想把我们冲掉！"汤姆回答道。男孩们感觉到了河水的拉力，很快就被卷到急流里。

"谢谢你载了我们一程！"杰米大声说。他们已经离三角龙'的士'很远了。

杰米听到附近有咕隆声。"皖南！"他哭着喊。小恐龙沿着岸边奔跑，想要跟上他们，嘴里还叼着个东西。

"是你的背包！"汤姆大叫道，"它没事！"

"加油，皖南！"杰米大叫道。

杰米和汤姆都很会游泳，可是水流太急了，他们游不到岸边。一根树干扫过他们面前，男孩们一把抓住又短又粗的树枝。

"哟。"汤姆抓紧了树枝，喘着气说。他看了看前面的河水，问：

"你觉得这里有没有鳄龙？"

"我希望没有，"杰米呻吟道，"今天已经见了足够多的史前野兽了。"

男孩们的树干漂进一块阴影里，汤姆抬头看，说："是尖牙石！"

"我们肯定是在朝着银杏山的方向游——也就是回家的方向！"

"也许河水能带我们回去，我们就省得走了。"杰米咧嘴笑道。

河流在尖牙石那里转弯，他们漂出了阴影，回到阳光下。

男孩们看到皖南在岸边，它正激动地咕隆咕隆，上蹿下跳。

"皖南怎么了？"汤姆疑惑地问。

杰米听到冲水的声音，很快，树干就在尖尖的岩石中撞来撞去。水流湍急，冒起了一大堆水泡，杰米看到他们前方的河流消失了。河水两边的地面越来越少，杰米意识到皖南想要警告他们，他叫道："是瀑布！"

男孩发疯似的想往岸边游，但是水流太强了。树干不断颠簸，快速旋转，朝着危险的落差处漂去。

男孩们

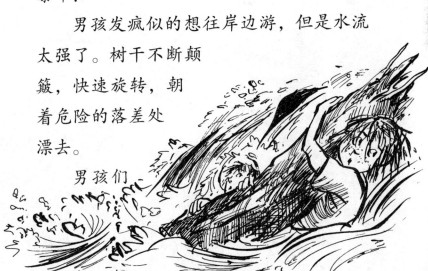

正要摔下去时，树干刚好卡在两块岩石中间。白花花的水冲过他们的肩膀时，男孩们刚好稳住了。

"哟！"杰米尖叫道。他越过瀑布往下看，下面是一个巨大的漩涡状池子，他很庆幸树干救了他们一命。他摇晃着，对汤姆笑了笑，说："我们离开这里吧。"

咔嚓！

"什么声音？"他边喘气边说。

"水流太强，树干要裂开了！"汤

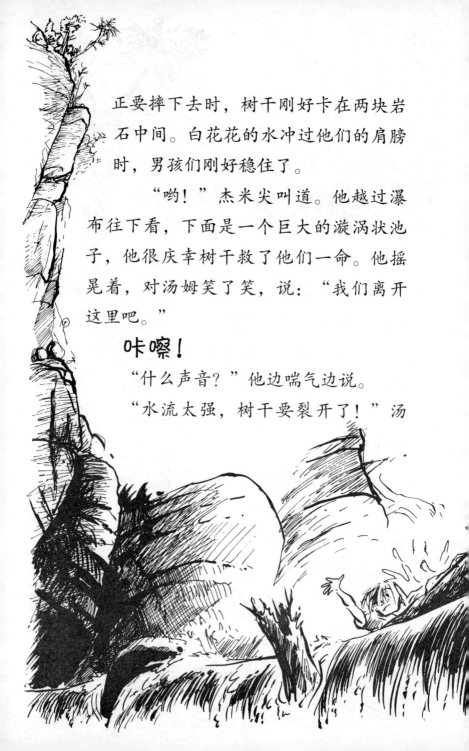

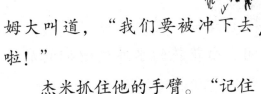

姆大叫道，"我们要被冲下去啦！"

杰米抓住他的手臂。"记住掉下去时要深呼吸！"他急忙叫道，"能游的时候赶紧游！"

咔嚓！

树干裂开了，男孩被冒着白泡的水流吞没了，从瀑布边缘翻了下去。

"啊啊啊啊！"杰米尖叫着，他已经往下跌了又跌。

他及时深吸了一口气。

哗啦！

他撞进翻腾的水流，跳入水中，翻来覆去。瀑布不断把他冲进河底。他睁开眼睛，但是四周浑浊漆黑，只看到水泡在周围打旋。他甚至都分不清哪里是上，哪里是下了。

后来，他的脚碰到了石头。他用力地把自己推开，用大腿的全部力气使劲儿踢。

最后,他浮到水面,大口地呼吸美妙的空气。他到处游,想找到汤姆。他希望自己的好朋友也没事!

突然,他旁边的水喷了起来,汤姆像软木塞一样浮出水面,大口地喘息,呼吸着新鲜空气。

杰米和汤姆惊叹地看着把他们冲下来的巨型瀑布,说:"我们成功啦!"

"我们遇到了巨大的瀑布,一大群白蚁,还骑了三角龙,"汤姆说,"这是恐龙世界里又一次绝妙的冒险!"

男孩们顺着瀑布漂流,任由缓缓的水流把他们带到下游。前方的河流消失在丛林里。水流刚好把他们带回树木林立、蔓生植物成堆的地方。

此时,河面变得更宽了。男孩轻轻地划着,划到河边,抓住一根垂悬的树枝。

"我可以碰到河底了,"汤姆喘着气,

说，"有一处暗礁。"

　　他们用尽全力爬上干燥、安全的河岸，立刻就瘫了下去。

咕隆！咕隆！

　　皖南跳了起来，往他们身上扑过去，轮流舔着两个男孩，又轻轻推推他们。然后，它消失在灌木丛里，不一会儿，嘴里叼着背包出来了。它把背包放在男孩们的面前。

　　杰米坐了起来，说："它帮我保管着背包呢！做得好，皖南。你真是一个好朋友。"

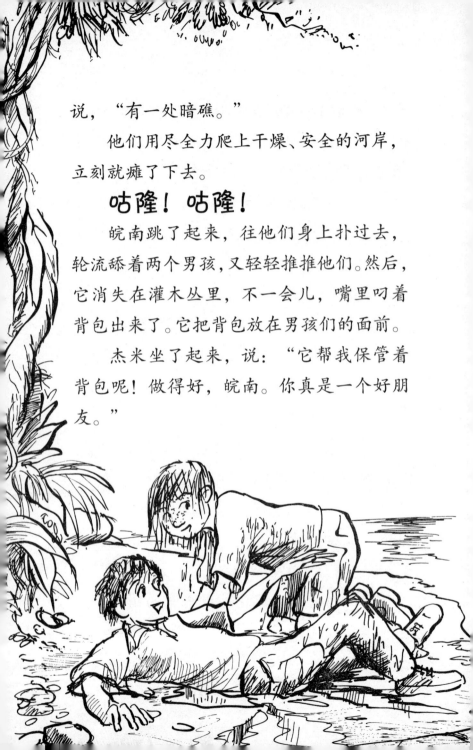

汤姆够到背包,从里面拿了个银杏果。"这是你应得的!"汤姆说着,把银杏果递给皖南。小恐龙把银杏果吃了个精光,又对着汤姆的脸大舔特舔起来。

"呀!"汤姆大叫着把它推开,说,"你嘴巴好臭!"

"我们在哪儿呢?"杰米问。

"要知道,你有地图哇!"汤姆大笑着说。

杰米把地图拿出来,男孩们看了看四周。他们面前有一个陡坡,周边是密密麻麻的树林。

"我还能听到瀑布声,"汤姆说着,站了起来,用望远镜看了看,说,"没错,瀑布

就在那后面。一定是——看哪，那是尖牙石的顶部。"

他看了看指南针，说："那是东边。"

他们看着地图。

"河流是从东北边的山上流下来的，流经平原。"杰米边说边用手指在地图上

按着河流的方向比画着。

"然后，它穿过这里的丛林——我们就在这里。"汤姆补充说道。

140

杰米凝视着面前的树林，说："那我们一定在银杏山的山脚。和你说了吧，我们都不用走啦！"

汤姆看了看自己的手表。"还好这手表防水，"他咧嘴笑着说，"很快就要涨潮啦。我们要赶紧走，不然会被困在悬崖里。"

杰米点点头，说："爷爷会带着龙虾回家，肯定会想我们去哪里了。"他拿起背包，说，"谁会想到，画一个地图还能经历这样惊奇的冒险呢？"

他们爬回银杏山。经过树林缺口的时候，杰米回头看了平原一眼。他看到远处的白蚁丘，在更远处河的对岸，三角龙正在吃草。

"在白蚁丘时，它们咬得可真疼啊，"杰米说着，把裤子卷起来，只见脚上有一个银杏果大小的紫色脓包，"但是现在不疼了。""哟！"汤姆鼻子一皱，说，"看

上去好恶心。"说着就把 T 恤卷起来，肚子上被咬的地方周围都是绿绿的。

"你的包比我的还大呢！"杰米大声说。

"这是史前虫子的叮咬痕迹，"汤姆边说边戳了戳那个软软的包，好像它随时都会破，"我们千万不能让爸爸妈妈看到这些！我们可解释不清楚。"

皖南跟着男孩们一路小跑，但是在他们到洞口时，它放慢

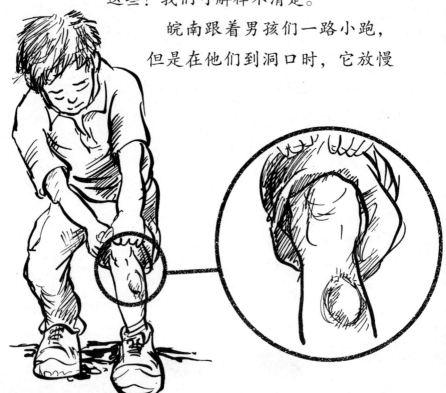

脚步，低下了头。

咕隆？

　　"再见啦，皖南，"杰米一边说，一边拍了拍它又硬又平的脑袋，"我们很快就回来了。"

　　"我们保证！"汤姆补充道。他拿出了最后两个银杏果。

皖南摇了摇尾巴，开心地吃起来。

杰米和汤姆走进山洞。杰米把脚踩进恐龙脚印里，越走感觉地面越硬。走到第五步时，他陷入了一片漆黑，回到了恐龙山谷的山洞里。过了一会儿，汤姆就站在他的旁边了。

杰米打开手电筒，照亮出洞的路，爬下岩石，沿着原路线返回沙滩。

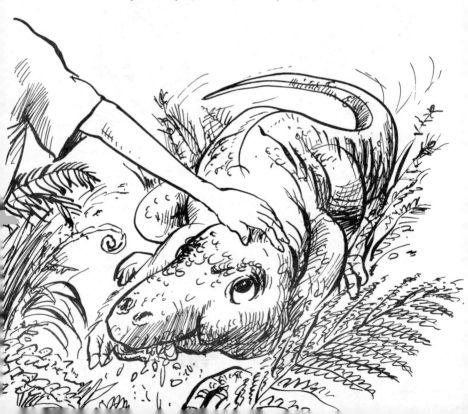

"多奇妙的冒险哪！"汤姆说。

"这比任何主题公园都好玩多啦。"杰米赞同地说，同时拿出了他的笔记本，翻到了地图的那一页，说，"看看我们今天走了多远哪！我们到了平原，还用很快的方式回来了！"他指着尖牙石，说，"瀑布就在这里。我们要怎么称呼它呢？"

"就叫它'破碎岩瀑布'吧！"汤姆大声宣布道。

"太酷了！也许我可以画出我们翻过瀑布边缘的样子呢。"杰米咧嘴大笑。

"哈喽，孩子们！"爷爷正朝着沙滩划船回来。

男孩们朝爷爷挥手，并跑到海边。

"来呀，"爷爷叫道，"没有你们的帮助的话，我可没办法把船弄上岸。"

杰米和汤姆蹚过海水，走到了小船前，帮爷爷一起把船拉到沙滩上。

145

　　"杰米，等我们一弄完，"他们在卸
下满满的龙虾笼时，爷爷说，"你一定要
给汤姆看看新的三角龙头骨。那可有6500
万年的历史呢。"他拍了拍汤姆的背，
说，"我打赌你之前一定没见过那样的
东西！"

　　杰米和汤姆相互笑了笑。爷爷绝对
不会相信今天他们在恐龙世界里看到了什
么!

恐龙世界

▬▬▬ 男孩们的路线

丛林

迷雾
环礁湖

白色海洋

148

远山

破碎岩瀑布

大平原　尖牙石

银杏山

149

· 你能像霸王龙一样吼叫吗？

· 你能跑得和迅猛龙一样快吗？

· 你有三角龙那么强壮吗？

如果你是个恐龙迷，而且特别喜欢爬行动物，你一定会喜欢《探秘恐龙山谷》这套图书。

杰米、汤姆和皖南正在等你哟，恐龙山谷见……